木之下 晃

1936年、長野県生まれ。日本福祉大学で学ぶ。
中日新聞社、博報堂を経てフリーとなる。
1960年代から現在まで、一貫して『音楽を撮る』をテーマにクラシック音楽の指揮者・演奏家・作曲家を中心に、世界各国のコンサートホール、オペラハウス、作曲家の足跡などを被写体に撮影活動を続けている。その写真については「音楽が聴こえる」と、ヘルベルト・フォン・カラヤンをはじめ、レナード・バーンスタイン、ロリン・マゼール、ズービン・メータなど音楽関係者から高い評価を得てきた。
1971年日本写真協会賞新人賞、1985年芸術選奨文部大臣賞、2005年日本写真協会賞作家賞、2006年紺綬褒章、2008年新日鉄音楽賞・特別賞を受賞。
2010年、自身が撮影した3万本を超えるフィルムを管理・保存するために「木之下晃アーカイヴス」を設立。
2015年、逝去。

公式ホームページ
http://kinoshita-akira.jp/

木之下晃アーカイヴス：木之下貴子
ブックデザイン：酒井田成之
編集：横川浩子

Photos from the atelier of Tove Jansson, creator of the Moomins

Based on the "Moomin" works by Tove Jansson
Copyright © Moomin Characters™
Portrait rights by the Estate of Tove Jansson
Text and photographs copyright © Akira KINOSHITA
Japanese edition copyright © Kodansha 2013
Originally published in Japanese by Kodansha Ltd.,Tokyo
Illustrations reproduced by arrangement with Rights & Brands, through Tuttle-Mori Agency Inc.,Tokyo

ヤンソンとムーミンのアトリエ

木之下 晃

Photos from the atelier of Tove Jansson,
creator of the Moomins

Akira KINOSHITA

講談社
KODANSHA

ヘルシンキのアトリエへ

1980年8月、私はフィンランドに滞在していた。

1978年に日本とフィンランドの間には文化協定が結ばれ、フィンランド政府から、芸術家を撮影する仕事が舞い込んだのである。

どうすれば効果的に、北欧のアーティストの横顔を日本に紹介できるだろうか。

芸術家を撮影するときは、仕事場を訪ねて彼らの素顔をとらえることを心掛けていた私は、今回もアトリエでの撮影をフィンランド政府にお願いしていた。

当然、トーヴェ・ヤンソンさんにも撮影を申し込んでいた。ところが帰国間近になっても、なしのつぶて。フィンランド政府の文化担当者が連絡をしているにもかかわらず、だ。

あきらめかけた頃、「ヤンソンさんが昨日、島から帰ってきたらしい」との情報が届いた。

そう、彼女は1965年から1991年まで毎夏を過ごしていた孤島、クルーヴ島に、その年も渡っていたため不在だったのだ。

再度連絡を入れてみると「だめ！」との返事。彼女のインタビュー嫌いカメラ嫌いは有名で、どうやらアトリエでの撮影など論外ということらしかった。それでも、ムーミンが好きな私の娘から「トーヴェさんに会えたら渡してほしい」と、手作りの小さな人形を預かってきたので、それを渡すだけでも、と伝えると、「では、30分だけ」との返事が届いた。

翌日、約束の午後4時にアトリエを訪ねると、ご本人が笑顔で出迎えてくれた。当初訪問を断られた経緯もあり、勝手に気難しい人を想像していたのだが、目の前のトーヴェさんからはやさしくナイーブな人柄が滲み出ていた。

「そうだ、まずは人形だ」。早速、娘の手作りの人形を手渡すと相好を崩し、それを胸につけて大喜び。今回、フィンランドの芸術家のポートレートやシベリウスの足跡を撮影している旨を伝えると、撮影はご自由にどうぞ、と心温かな対応をしてくださった。

たくさんの本と、彫刻家であるトーヴェさんの父親の作品、そしてムーミンの人形……この部屋でトーヴェさんの奥深い作品が紡ぎ出されていることを想い、私は夢中でシャッターを切った。

これまで半世紀にわたり音楽写真家として多くのアーティストを撮影してきた私にとっても、この北欧の妖精のような作家との出会いは、少し不思議で、実に思い出深いものとなっている。

東洋からきた初対面のカメラマンを、彼女はなぜ、住まいでもあるアトリエに招き入れてくれたのだろう。島から帰ったばかりで、心が放たれていたのだろうか。もう確かめるすべはないが、彼女との撮影は、とびきり楽しいひとときとして胸に焼きついている。

ムーミンの誕生

　トーヴェさんの住居は、ヘルシンキの街なかにある5階建てアパートのペントハウス。
　エレベーターは4階に止まり、そこからは階段を使った。玄関ホールを入るとすぐにアトリエが広がっていた。この部屋は角部屋で、窓からはヘルシンキ市内と海が見渡せる。玄関ホールの右手の奥には小さなリビングルーム。読書をしたり、打ち合わせなどオフィスとしても使っていて、トーヴェさんはご自分の"指定席"にいつも腰かけていたようだ。アトリエにある階段を上がるとロフトがあった。
　アトリエの入り口からは、等身大の裸婦像が2体、目に飛び込んできた。これは彫刻家であるトーヴェさんの父、ヴィクトルの作品である。一方、母シグネは挿絵画家・グラフィックデザイナーとして売れっ子であった。彼女の部屋の蔵書の中には、母が装丁を手掛けた作品も数多く残っていた。レンズを通して彼女のアトリエを見てみると、改めて、トーヴェ・ヤンソンという人物が浮かび上がってくる。
　このアトリエで彼女は楽しそうに、自身の幼少期のこと、両親のこと、日本での思い出などについて私に語ってくれた。
　両親の影響もあって、トーヴェさんは自然と絵も描くようになったそうだ。16歳でストックホルムの工芸専門学校へ留学。19歳でヘルシンキに戻り、アテネウム芸術大学で学んだ。やがて『ガルム』という雑誌で風刺画を描き、それで生計をたてるようになったという。その風刺画の隅、"Tove"のサインの横に描かれていた生きものが、ムーミンの原型であることは、多くの方がご存じなのではないだろうか。
　さぁ、そのムーミンの原型は、どのようにして、ムーミントロールへと進化したのか？
　その頃フィンランドはソ連との冬戦争へと向かっていた。トーヴェさんは突然に、絵を描くことが無駄に感じられ、制作意欲を失ってしまう。不穏な空気の中、自分自身を元気づけたかったものの、風刺画を描いていた作家がいきなりお伽噺を書くのも、なんだか横道にそれる気がした。そこで、お姫様が出てくるような話は書かず、"醜い生きもの"を選んだ……こうして私たちが大好きなムーミントロールが誕生した。すべてをムーミンたちに託してしまうことで、トーヴェさんは自由になれた。ムーミンが代弁してくれることで、どんなロマンティックなストーリーでも書くことができた。
　しかし、この物語は、その後しばらくトーヴェさんの机のひきだしに入ったまま、ほとんど忘れられていたそうだ。それでも一度、生を受けたムーミンが、消えてしまうことはなかった。消えるどころか、この話を助走にしてムーミンは成長を続け、世界中の子どもたちに愛されていく。
　ところがこの作者は、一度たりとも子どものために書いたことはないという。
　創作作業というのは個人的なもの。芸術家と作品との孤独な対話だから。でも、作品が完成した後はなによりも読者が大切。多くのインタビューで答えていた通りに、私にも語ってくれた。
　ムーミンの深い世界観を想うと共に、同じく創作活動をしている者としても、忘れられない言葉である。

自分のために、誰かのために

　撮影が終わった。
　なかばあきらめていた取材だったが、こちらの想いが通じてよかった。そんな感慨にひたっているとトーヴェさんが、トゥーティのところへ行きましょう、と言う。
　トゥーティさんとは、トーヴェさんのパートナーで、エッチングなどを手掛ける高名なグラフィックデザイナー、トゥーリッキ・ピエティラさんのことである。この日も取材に立ち会い、一緒にカメラにもおさまってくれていた。
　そこへ、私の友人でヘルシンキに住むピアニストの舘野泉さんと、バイオリニストの新井淑子さんが合流。フィンランドで活躍する彼ら日本人音楽家のことは、トーヴェさんもご存じで温かく迎え入れてくれ、一同、隣の建物にあるトゥーティさんの部屋へ移動した。すぐに、なぜ場所を変えたかがわかった。トーヴェさんの部屋にはキッチンがないのだ！　そしてふたりは手作りの料理で、私たちをもてなしてくれたのである。
　食事をと言われたので「とんでもない、失礼しなくては」と慌てた。でも、そんなことは気にもせず、ふたりはキッチンに立った。普段、料理を担当するのはトゥーティさんらしい。ところがトーヴェさんもこの日はエプロンをつけて、あれやこれやと料理をしてくれた。
　トゥーティさんのキッチンで、ストロガノフがあるからそれを出したらいいと言うトーヴェさん。せっかくだからチキンを料理すると言い張るトゥーティさん。笑いながらお互い引かない様子がほほえましい。
　こうして、トーヴェ・トゥーティのストロガノフとチキンローストが並ぶ素敵なパーティーが始まった。どうやらお互いの意見を尊重したらしい！
　みんなでにぎやかに、芸術談義や日本のこと……話が途切れることはなかった。
　全員ほろ酔い加減でいつのまにかソファから降り、床にぺたりと座り込んでいると、トーヴェさんが、京都の祇園で舞妓さんが踊るのを自ら録音したテープを取り出し、日本語で祇園小唄を口ずさみながら、踊りだした。
　――月はおぼろに東山　霞む夜ごとのかがり火に……
　着物の袂を気にするようなしぐさで、しなをつくる様子に、私たちは大いに盛り上がり、腹を抱えた。楽しい宴は夜10時まで続いた。
　トーヴェさんは、パーティーが上手で自由に踊るのが大好きだったという。この時も、きっと彼女は踊りたいから踊っていたのだろう。その踊りはまわりをほんとうに幸せにしていた。自身のために書いたムーミンのお話が、今も世界中の人を楽しませているように。

島暮らしの自由

　トーヴェさんは、小さなクルーヴ島に小屋を建て、水道も電気も電話もないこの島でトゥーティさんと、書き物をしたり本を読んだり、夏を自由気ままに過ごしていたという。ふたりは共に世界各地の旅もしている。観光地を訪れるのではなく、その土地を感じることを大切にするのがふたりのスタイルで、2度の日本滞在も心から楽しみ、滞在中は濃密な時間を過ごしたと話してくれた。トーヴェさんの部屋にある和紙の電気シェードは日本で購入してきたもの。贈り物という袢纏も愛用していた。ぬくもりがあって大好きだそうだ。初めての日本では北海道、奈良、京都、東京に計3週間滞在した。思うまま歩いていると、どこの国でも気がつけば街のはずれに行きついている。でも、そこにたくさんの発見があるのだと話してくれた。

　小さな頃から冒険小説が大好きで、実は、ふたりが夏のみならず冬も島で過ごすプランがあることを、突然打ち明けてもくれた。冬も島で過ごし、世界各国で撮りためたフィルムをご近所の人と一緒に楽しみながら長い夜を過ごすことを、ふたりはワクワクと夢見ていたようだ。

　母親の死後しばらく、ムーミンの物語を書けなくなっていたトーヴェさんの創作の軸足は、人間の深部を描く小説へと移っていた。一方、ムーミンの人気は衰えることを知らない。作品が完成した後はなによりも読者が大切だと、いつも話していた彼女にとって、ムーミンの生みの親としての責任を果たしつつ創作活動をしていくためには、島が夏だけでは足りなくなっていたのだろう。

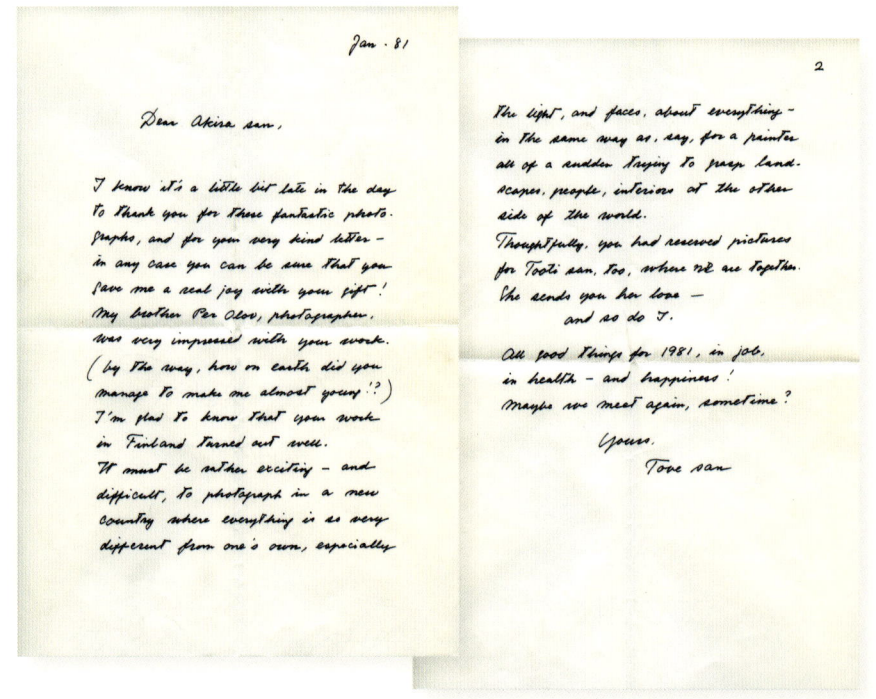

再会

　1991年9月12日、私は再びヘルシンキのトーヴェさんのアトリエを訪ねた。

　初めての出会いから11年。玄関のベルを押すと、トーヴェさんは待ちかねたようにドアを開け「キノシタサーン」と強く抱擁。テーブルの上には料理が並び、パーティーの支度ができていた。

　最初の訪問で撮った写真をいたく気に入ってくれた彼女からは、お礼の手紙もいただいており、この日は2度目の撮影を楽しみに待っていたという。彼女の方からすくっと立ちあがると、父の裸婦像の前に立ってカメラを見つめてくれた。レンズから見えるトーヴェさんは前回よりもさらに自然体だ。

　さて、この時私は、ある構想を持ってフィンランドへ出向いていた。写真家としてポートレートをいかに撮るかは永遠の課題であるが、河原で見つけたタマゴのような石を芸術家に持ってもらったら、どんな写真が撮れるだろう……。今は私の代表作となっている『石を聞く肖像』シリーズは、実はこの時のフィンランドでの撮影が始まりなのだ。トーヴェさんにも「この石を見て感じたことをカメラの前で表現してください」とお願いすると、彼女は両手で石を包んで、やさしくキスをした。レンズを通して、彼女は私の構想に確信を与えてくれたのだ。

　1991年はトーヴェさんがクルーヴ島を引き上げた年である。27年にわたり、毎夏を過ごしていた島を後にした彼女はどんな心持ちであったのだろうか？ 訪ねたのは、まさに最後の夏の島からヘルシンキへ戻ったばかりの時で、実感は無かったかもしれない。でも彼女にとって、なんらかの節目であったことは間違いないだろう。これからは留守をすることなく過ごすアトリエとの記念写真、そんな気持ちで撮影に臨んでくれていたのかもしれない。

　のちにこの時の写真を見たトーヴェさんはとても気に入ってくれた。そして、自身の新しい著作のプロフィール写真に使用したいと手紙に書き送ってくれ、私は喜んで快諾した。1998年、その短編集が出版されて我が家にも1冊が届いた。

　トーヴェさんの弟、ペル・ウロフ・ヤンソン氏も写真家である。彼の作品はどれも素晴らしい。だが、とかく肉親というのは距離感が難しいものである。そこに現れた日本人カメラマンが私で、何のしがらみもない間柄だからこそ、彼女は私を受け入れてくれたのだろう。フィルムに残る彼女の笑顔を見ると、アトリエでの夢のような時間が頭の中によみがえってくる。

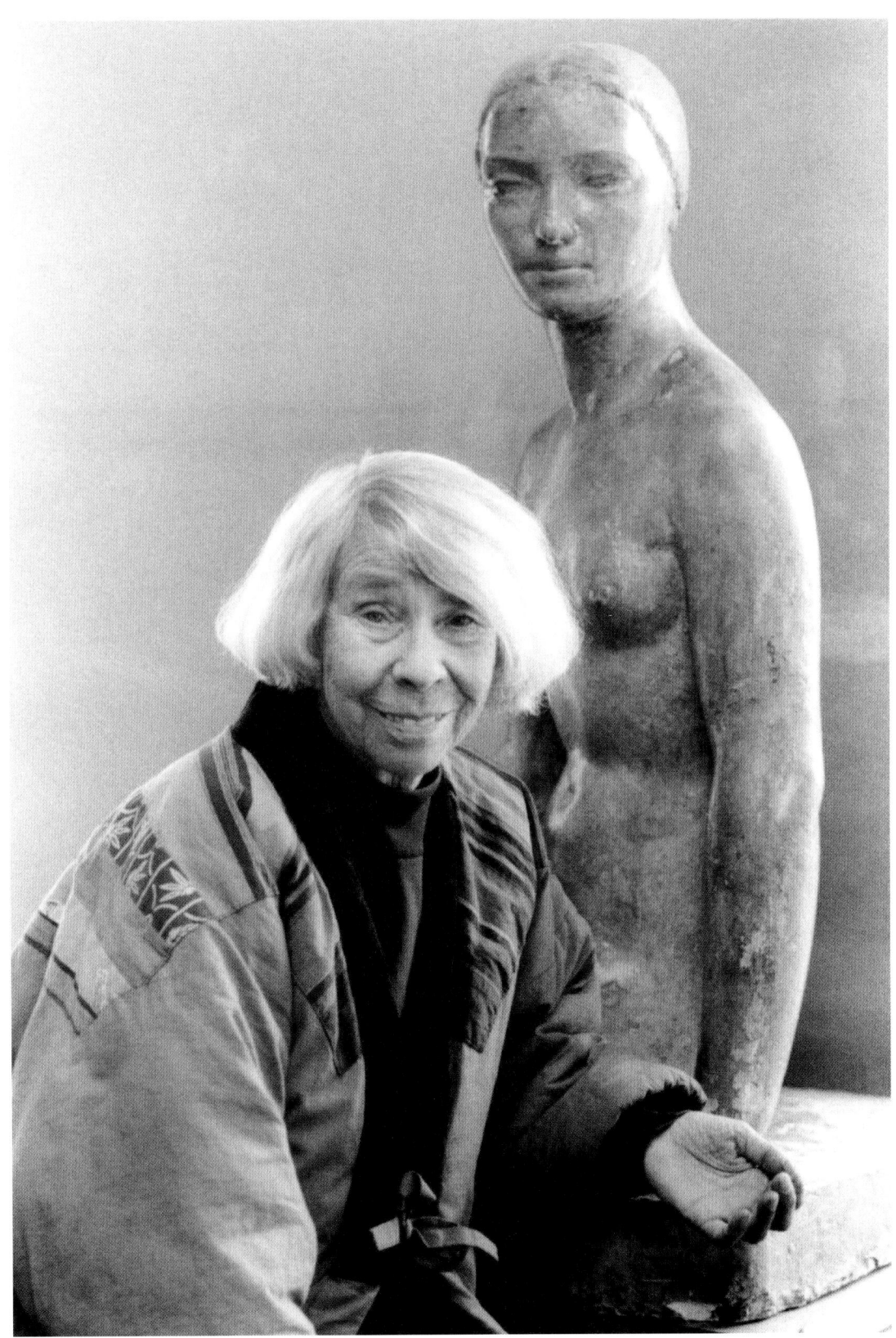

あとがきにかえて

　1900年（明治33年）に、フィンランド福音ルーテル教会が、日本に2人の女性宣教師を派遣。彼女たちは長崎から布教を始めて、はるばる長野県の諏訪湖に辿り着きました。満々と水をたたえた美しい湖と、湖畔の白樺の樹々を見た彼女らは「母国のスオミに似ている」と、日本での最初の宣教地をそこに置くことを決めました。

　2人の宣教師はエステリ・クルヴィネン（Esteri Kurvinen）とシィーリ・ウーシタロ（Siiri Uusitalo）といい、1905年7月に下諏訪に洋館造りの礼拝堂を建て、その年のクリスマスに4人の青年と2人の女性が洗礼を受けました。その青年の1人が渡邉忠雄氏で、当時、旧制諏訪中学校（現・諏訪清陵高校）に通う生徒でした。彼は卒業するとヘルシンキのフィンランド神学校へ留学。その地でヘルシンキ音楽院（現・シベリウス音楽院）に通う声楽家シィーリ・ピトカネン（Siiri Pitkänen）と恋に落ち、結婚して帰国。牧師として下諏訪の教会に赴任したのです。実は忠雄氏は私の高校の大先輩でした。忠雄氏は第7回生、私は第58回生です。この渡邉忠雄氏の二男が、指揮者として大活躍した渡邉暁雄氏です。私が写真家になって、渡邉暁雄氏と親しくさせていただいたひとつのきっかけは、同じ故郷だったということがありました。

　1978年に日本とフィンランドが文化協定を締結。その人物交流の第1号として、80年にフィンランド政府から私が招聘され、トーヴェさんの写真を撮影する機会に恵まれたのも、渡邉暁雄氏の推薦があったからです。

　　　　　　　　　　　　　　　　　　　　　　　　　2013年 夏の終わりに　木之下 晃

写真キャプション

3pアトリエの窓辺で。とても気に入ってくれた1枚／4-5pアトリエに置かれたムーミンの立体やジオラマは主にトゥーリッキ・ピエティラが制作。胸の人形は娘が作ったもの／7p愛煙家だった／8p父ヴィクトルの彫刻作品はヘルシンキ市内のエスプラナーデ公園などでも見ることができる／9p壁に貼られた写真は父のかつてのアトリエ／10-11p吹き抜けのアトリエ。階段はロフトに続く／12pタンペレのムーミン谷博物館で展示された立体ムーミン屋敷のパンフレットを手に／13p（左）書棚の一隅には島の石や人形のほか、手入れの良いブーツや旅行カバンも／13p（右）壁に飾られたアールヌーヴォの画家スタンランのポスターパネルは2度目の訪問時も同じ場所にあった／15pトゥーリッキの部屋で料理の準備。マッチをすり、コンロに火をつけるトーヴェと、見守るトゥーリッキ。リボンのお盆掛けはムーミン物語にも登場する北欧の実用インテリア／16p人をもてなすことが大好きだった2人が準備してくれた前菜／17pスウェーデン系フィンランド人のトーヴェの日常会話はスウェーデン語。フィンランド語はトゥーリッキに頼ることもあった／18p1981年1月に届いた直筆の手紙／19pトゥーリッキの部屋。本に加えて映像ビデオなども多い／20pリビングルームで／21pトゥーリッキは公私にわたるよきパートナーであった／22-23p左奥はムーミン屋敷の造形物。その手前、黒猫のエッチングはトゥーリッキの作品／25p石を持つポーズを、とのリクエストに応えたシーン／26-27pアトリエは建築家レイマ・ピエティラ（トゥーリッキの弟）による設計／28p父の彫刻と／29pこのポートレートを気に入ったトーヴェは自著のプロフィールにも使用／30p（上）ロフトのベッドルーム。日本人形が飾られていた／30p（下）前回訪問時から少し模様替えされているが、ほかの部屋を見ても、ランプシェードはグリーン系、テキスタイルはオレンジ系がお気に入りだったのかもしれない／31p（上）アトリエのロフト。世界中で出版された本が並べられていた／31p（下）アトリエ全景。前回リビングルームにあったソファーのうち2つとテーブルクロスはアトリエに移されていた／32pスズランの花を手にしたムーミンと／表紙：1991年訪問時のアトリエ／カバー表4袖：1980年訪問時のトーヴェと著者

ヤンソンとムーミンのアトリエ

2013年10月24日　第1刷発行　　2025年6月11日　第3刷発行

著　者　木之下 晃

発行者　安永尚人

発行所　株式会社 講談社
　　　　〒112-8001　東京都文京区音羽2-12-21
　　　　電話　編集 03-5395-3536　販売 03-5395-3625　業務 03-5395-3615

印刷所　共同印刷株式会社
製本所　大口製本印刷株式会社

N.D.C.748　32p 27cm　ISBN978-4-06-218606-3
©Akira KINOSHITA 2013　Printed in Japan

定価はカバーに表示してあります。

落丁本・乱丁本は購入書店名を明記のうえ、小社業務宛にお送りください。送料小社負担にてお取り替えいたします。なお、この本についてのお問い合わせは、青い鳥文庫編集にお願いいたします。本書のコピー、スキャン、デジタル化等の無断複製は著作権法上での例外を除き禁じられています。本書を代行業者等の第三者に依頼してスキャンやデジタル化することはたとえ個人や家庭内の利用でも著作権法違反です。